एक पूर्व में
बहुत से पूर्व
(कविता-संग्रह)

एक पूर्व में बहुत से पूर्व

विनोद कुमार शुक्ल

हिन्द युग्म

ISBN: 978-93-92820-98-4

प्रकाशक :
हिंद युग्म
सी-31, सेक्टर-20, नोएडा (उ.प्र.)-201301
फ़ोन- +91-120-4374046

मुद्रक : थॉमसन प्रेस
आवरण डिज़ाइन : सिमरत कालरा
लेखक की तस्वीर : मानव कौल
कला-निर्देशन : विजेन्द्र एस विज

पहला संस्करण : फ़रवरी 2024
पाँचवाँ संस्करण : जनवरी 2026
मूल्य : ₹199

Ek Poorv Mein Bahut Se Poorv
A collection of poems by *Vinod Kumar Shukla*

Published By
Hind Yugm
C-31, Sector-20, Noida (UP)-201301
Phone- +91-120-4374046
Email- sampadak@hindyugm.com
Website- www.hindyugm.com

First Edition: Feb 2024
Fifth Edition: Jan 2026
Price: ₹199

सब

सब देश, संसार का मुहल्ला है
सब सभी घरों
और
सबको
कि ख़ुशी सब बनी रहे

कविता लिखने की मैंने कोशिश की और अभी भी कोशिश कर कविता लिखता हूँ।

कौन-सी कविता लिखूँगा, यह मैं अब भी नहीं जान पाता। लिखी जाने वाली कविता को लिखते हुए पाने की कोशिश करता हूँ। और लिखकर जिसे नहीं जानता था उसे हमेशा से जाना हुआ पाता हूँ।

कविता लिखना भटकने की तरह है।

कविता लिखकर मैं लिखी जाने वाली कविताओं का ख़ाली स्थान नहीं भर सकता। लिखी जाने वाली कविता का ख़ाली स्थान कभी भरता भी नहीं।

कविता के ख़ाली स्थान भरने के लिए ही मैंने उपन्यास, कहानियाँ आदि लिखे। एक शब्द को लेकर भी कविता लिखी; जैसे—यद्यपि, पर, तथा, शायद, रहा, आदि।

मुझे लगता है कि मेरे साथ मेरा रास्ता भी चला है।

उम्र का जो यह पड़ाव है, जिसमें आदमी सिमटकर रह जाता है। मेरी उपस्थिति जैसे मेरी फ़ोटो में तब्दील हो रही है।

उम्मीद बड़ी है। उम्र के आख़िरी के दौर का अनुभव मज़ेदार होता है। मिलने वाला अजनबी होने के बाद भी लगता है कि

मिल चुके हैं। जीवन के पुराने दिन ढेर सारे होते हैं। उस पर सोचते हुए आने वाले दिनों को देखते हैं। और समय बीतने का नज़रिया बदल जाता है।

किसी से मिलना बहुत दूरी पर है। उस तरफ़ दो क़दम चलना दो क़दम दूरी को कम करता है। और लगता है कुछ पास हुए, भले दो क़दम पास हुए।

कविता-क्रम

पेड़ के ठूँठ

कटे हुए पेड़ के ठूँठ
जंगल कटने के क़दम हैं।

एक पूर्व में बहुत से पूर्व

इस रात बहुत सी रातों की
इकट्ठी रात है
इस रात बहुत सी रातों का अँधेरा है
तारों, चंद्रमा का निकलना
बहुत रातों से लोग भूल गए
रात बीतती है में
एक रात के बाद
दूसरी रात आती है
इस रात के होने के पहले की शाम में
बहुत सी शामें इकट्ठी थीं
और इकट्ठी दुपहरों के पहले की
एक बची सुबह में
एक बचा सूर्य निकला था

एक बचे पूर्व से

यह अच्छा हुआ कि कुछ लोग
रातों का सोना भूल गए
और जागना याद रहा
कई रातों का सोना कई रातों से
मैं भी भूल गया था
और मुझे बहुत सी सुबहों का जागना
बहुत याद रहा
एक रात के बाद
दूसरी रात के बीचों में
उम्मीदें इकट्ठी होती जा रही थीं
कि एक सुबह
बहुत सी सुबह होने के लिए
बहुत-से सूर्य इकट्ठे हो रहे होंगे
कि एक पूर्व में बहुत से पूर्व हैं।

कोई पर भरोसा है

इस हो रही बारिश की
पहली बूँद कौन-सी थी
कहाँ गिरी
यह कौन बताए
बारिश की बूँदों को गिनना बाक़ी है
और कोई पर भरोसा है।

इस जंगल का पहला उगा पेड़ कौन-सा है
फिर दूसरा, तीसरा, सब गिना दे
इस पेड़ की पत्तियों में
पहली उगी पत्ती कौन-सी है
कुल कितनी पत्ती हैं?

पहला सवाल दुनिया का
आख़िर क्या था
उत्तर क्या उसका मिला
जो सही न होकर
पहला ग़लत उत्तर ज़रूर हुआ होगा
वह क्या है?

पहली कौन-सी भाषा का था पहला शब्द
फिर दूसरे, तीसरे शब्दों का
पहला वाक्य क्या था?
क्या कहा गया होगा!
जो पहले सुना वाक्य होगा
और पहले लिखने वाले ने
उसे पहले पढ़ा
सुनाया होगा!
कौन था वो, कौन बताए!

अपनी भाषा में शपथ लेता हूँ

अपनी भाषा में शपथ लेता हूँ
कि मैं किसी भी भाषा का
अपमान नहीं करूँगा
और मेरी मातृभाषा
हर जन्म में बदलती रहे
इसके लिए मैं बार-बार
जन्म लेता रहूँ—
यह मैं जीव-जगत से कहता हूँ
चिड़ियों, पशुओं, कीट-पतंगों से भी।

ऐकला कहाँ चला

ऐकला कहाँ चला
साथ मेरे मेरा रास्ता चला
रास्ते पर जितना मैं थका
रास्ता उतना थका
अपने को जितना थकाया
रास्ते को भी उतना थकाया
जितना जब सुस्ताता हूँ
रास्ता भी तब सुस्ताता है
जहाँ तक जाऊँगा
साथ अपने रास्ते जाऊँगा।

लौटने का कोई रास्ता
रास्ता देखेगा
नहीं तो
लौट जाएगा।

शहर में धारा 144 लगी है

शहर में धारा 144 लगी है
लोग जैसे लोग
वे लोग नहीं दिख रहे
छिटके हुए हैं, इकट्ठे नहीं
एक चिड़िया आकाश में
आकाश इतनी अकेली उड़ती है
धारा 144 में
क्या दस पड़ोसी इकट्ठे होकर
फ़ोटो खिंचवा सकते हैं?
अकेले जाकर अकेले लौट आते लोग हैं
जैसे लोग वैसे लोग नहीं।

क्या! धारा 144 लगे शहर के स्टेशन पर
भीड़ चढ़ और उतर सकती है!!
स्टेशन पर रेलगाड़ी के आने का समय हुआ
बहुत भीड़ है, बेसब्री है!
जैसे किसी आने वाली एक कविता में
सब कह देने लिख देने
कब का समय हो गया
और मुझे रेलगाड़ी नहीं कविता पकड़नी है
बहुत भीड़ है शब्दों की
अभिव्यक्ति की ज़िद है
और साथ बेसब्री का सामान बहुत है।

किसकी कमी है ?

किसकी कमी है ?—
जो है नहीं
उसकी कमी है

और जो कम है
उसकी कमी है

जो ज़्यादा नहीं
उसकी कमी है

जो ज़्यादा है
और ज़्यादा नहीं
उसकी कमी है

तो ज़्यादा क्या है ?—
कमी कम नहीं
वही ज़्यादा है।

एक अच्छी घटना

एक अच्छी घटना
तुम घटने में रहना
बल्कि घट जाना
बार-बार घट जाना।

प्रत्येक मनुष्य का जीवन
हर क्षण अच्छा मुहूर्त है
सुख की घटना के लिए।

दुख की आदत है

दुख की आदत है
बहुत कठिनाइयों से
एक-एक दिन
उम्र की दूरियों को
पार करते
इस उम्र में पहुँच गया हूँ
आख़िर
सब कुछ पा लिया जैसे
सबके साथ
गृहस्थी और प्रेम को थामे
कि दूरी बची नहीं लगता है

पता नहीं कौन-सा एक सुख
बचा रह गया है
एक सुख का दुख है
और कोई दुख नहीं।

दरकिनार

कल जो बड़ा पत्थर
बीच सड़क पर पड़ा था
कल पत्थर को
दरकिनार कर
आवाजाही थी
उस दरकिनार से
आज ठोकर खाकर गिर पड़ा
मुझे दरकिनार कर आवाजाही थी—
इतनी-सी दिनचर्या के
संध्या के पाँच बजे
तो संध्या पाँच बजे को
दरकिनार कर साढ़े पाँच बजे
दिनों को दरकिनार कर
दिन बीते
जाने को दरकिनार कर लौटे
लौटने को दरकिनार कर जा रहे
चिल्लाने को दरकिनार कर
चुप रहे।

आम आदमी

अपनी चिंताओं के साथ
समानार्थी-सा मैं मनुष्य
उस मनुष्य के पास खड़ा हो गया
जो पहले से
पेड़ के नीचे खड़ा है (था)
एक समानार्थी सुख मुझे मिला।

मैं क्या बात करूँ जब साथ खड़े हैं
मैंने सोचा यह
सोचा हो यही उसने भी।

और वह चला गया
जिसे मैं देख नहीं पाया कब
किस तरफ़
फिर भी सब तरफ़ देखा।

मैं उसे नहीं ढूँढूँगा
आम आदमी को कोई ढूँढ़ता है क्या!

शहर में इतनी भीड़ रहती है

शहर में इतनी भीड़ रहती है
कि जुलूस दिखाई नहीं देता
कभी लगता भीड़ बढ़ गई
या मैटनी शो छूटा
वैसे भी जुलूस
जनता का नहीं होता था
ट्रकों, बसों से आए लोगों से
भीड़ बढ़ जाती थी।

भीड़ से जनता को घटा दो
तो जनता अकेली एक बचती।
मैं जनता से जाकर मिलता
तो गिनती में दो होता।
सड़क पर दोनों दो के जुलूस में मिलते
लोगों के सुख-दुख की बात करते
भीड़ के हल्ले में
कभी ज़ोर से नारों में बात करते।

छत्तीसगढ़िया सबले बढ़िया

छत्तीसगढ़िया सबले बढ़िया
सत्ता का दिया गया नारा
जिसमें सबसे बढ़िया होने का अहंकारी-ग़ुरूर
और बाक़ी के ख़राब होने का बड़ा सवाल
इस नारे से छत्तीसगढ़िया ग़रीब को शायद
बढ़िया ग़रीब होने का संतोष मिलता हो!

एक छतीसगढ़िया भिखारी जिसका
भीख से पेट न भरता हो
बल्कि ग़ुस्सा भरा हो
कि उसकी भीख यहाँ आकर बसे
बिहारी, उड़िया, मराठी, भिखारियों में बँट जाती है
इसलिए वह सोच सोचता
अफ़सोस सोचता
कि छत्तीसगढ़िया भिखारियों को
छत्तीसगढ़ियों की भीख पाने का हक़ बनता है।

यदि काम न मिलने से मज़दूरों का पलायन है
तो भीख न मिलने से भिखारियों का
जम्मू-कश्मीर के वैष्णव देवी के मंदिर से लेकर
दूसरे प्रदेशों में
छत्तीसगढ़िया भिखारियों की क़तार दिखती है।
यहाँ आदिवासी
अपनी ज़मीन से
पहले उखड़ता है।
इस इलाके में जो रेलगाड़ी और बस चलती है
इनके ख़ानाबदोश होने की
सुविधा के लिए चलती है।

छत्तीसगढ़िया सबले बढ़िया—
यह नारा पूरे प्रदेश में
इस तरह चस्पा है
कि सबके हृदय में
खीलों से ठोंक देने की कोशिश तक।
पहिचान का यही बिल्ला छुपाए
दूसरे प्रांतों में
रोज़ी-रोटी की तलाश में
जैसे दूसरे प्रांतों के लोग यहाँ फिरते हैं।
छाती पर
अपने प्रांत के होने की
पहिचान ठुँकी

तो दूसरे प्रांतों में बाहरी होने की पहिचान भी यही
जो साँस लेने से दुख़ती है
और भगाए जाने पर
हाँफते-हाँफते जान निकलती है।

उत्तर प्रदेश में कुंभ
स्वर्ग जाने की वहाँ सुविधा है
तो अभी बनाया गया स्वर्ग जाने
छत्तीसगढ़ में राजिम का कुंभ है
परंतु ग़रीबी और नरक में
कोई फ़र्क़ नहीं
यह बिना मरे
हर ग़रीब जानता है।

बँटने-बाँटने की पहिचान की राजनीति में
किसी दिन छत्तीसगढ़
छत्तीस ज़मीदारी में न बदल जाए
इसका डर लगता है
कि ग़रीबों पर पुरानी मालग़ुजारी बाक़ी है
उधारी बाक़ी है
वसूली के लिए हर तरफ़
चुंगी-नाका और पहरेदारी है।

आदिवासी नाचते दिखते नहीं

आदिवासी नाचते दिखते नहीं
नचाए जाते दिखते हैं
जो उनका घर है
उसमें वे रहते नहीं
वे दिखाने के घर हैं
उनका जो चूल्हा जल रहा है
यह उन्होंने नहीं जलाया
जलता हुआ दिखाने का है

जो कुछ दिखता है
वह दिखाने से दिखता है
और जो नहीं दिख रहा
छुपाने से नहीं दिख रहा
नहीं देख सकने वाले—
अंधे लोगों के लिए शहर में
जंगल की प्रदर्शनी लगी है।

पटवारी ने कहा

पटवारी ने कहा
पेड़ तुम्हारा नहीं
जंगल तुम्हारा नहीं
जंगल के ऊपर का आकाश भी नहीं
तुम्हारा है इसको सिद्ध करने
तुमको एक तारा तोड़कर लाना होगा।

आदिवासी! हाँका पड़ा है

आदिवासी! हम तुम्हें कैसे जाने
कि तुम नक्सली नहीं हो
और आदिवासी! तुम्हें ऐसा क्यों जाने
कि तुम नक्सली हो
तुम्हारे पास छुपाने लायक़ कुछ भी नहीं
तुम कहाँ जाओगे तुम्हें मालूम नहीं
पर तुम अपनी जगह से जा रहे हो
तुम पेट भरना चाहते हो
पेट कैसे भरोगे तुम्हें मालूम नहीं
आदिवासी तुम जीवित रहना चाहते हो
पर तुम मरने से कैसे बचोगे
यह तुम जानते नहीं
जंगल में हाँका पड़ा है
पहले शेर को मारने के लिए पड़ता था।

पेड़ काटने का खेल

एक आदिवासी
जंगल का लड़का
सबसे ऊँचे पेड़ पर
सबसे ऊपर चढ़ने का
खेल रहा था खेल
खेल खेल में वह
बहुत ऊँचे पर पहुँचा

जंगल में पुलिस की टुकड़ी
घूम रही थी
दूरबीन से
पेड़ पर चढ़े लड़के पर तभी
पुलिस की नज़र पड़ी थी।
शक हुआ, पुलिस की टोह लेने
लड़का चढ़ा हुआ है पेड़ पर
तुरंत पुलिस पेड़ के पहुँची नीचे
लड़के से कहा उतर नीचे
पर लड़का डरकर चढ़ गया और ऊँचे
बाक़ी लड़के भाग गए थे
कौन सिपाही ऊपर चढ़ेगा
और लड़के को नीचे लाएगा!
उपाय यही ठीक लगा था कि—
लड़के को उतारने पेड़ काटकर नीचे
गिरा दिया जाए।

कहते हैं जंगल में
इस तरह भी कटे पेड़ हैं
और आदिवासी मरे हैं।

जंगल में एक पेड़, फिर एक पेड़ कटता है

जंगल में एक पेड़, फिर एक पेड़ कटता है
और शहर चुपचाप जंगल की तरफ़
एक क़दम फिर एक क़दम बढ़ता है
शहर एक जंगलख़ोर जानवर है
शहर जंगलों पर आक्रमण करता है
कि एक जंगल
एक पेड़ भर रह जाए—
और जंगल की सभी चिड़िया भी
एक पेड़ भर रह जाएँ
या एक पेड़ भर भी जंगल में न रहें
और चिड़िया, घर के पिंजड़े भर में रहे।

जंगल तुम एक पेड़, फिर और एक पेड़ होकर
शहर की तरफ़ अपनी हरियाली और छाया के साथ
क्यों नहीं बढ़ पाते
और शहर को शहर होने से बचा लेते।

पहिचान थोड़ी जंगल की

जंगल को
जंगल से निकाल देंगे
और जंगल के विभाग में
गमले में जंगल है।
पहिचान थोड़ी जंगल की
बदल गई
अब पेड़ को ही जंगल कहते हैं
एक पेड़ दिखा कि—
एक जंगल दिखा।

किसी दिन जंगल बहुत घना था आदिवासी

किसी दिन जंगल बहुत घना था आदिवासी
नीचे धूप मुश्किल थी
जंगल का छप्पर था
जिससे छनकर
दिन रहता पर घाम नहीं
एक-एक पेड़ से
ऊँचा तना हुआ
जंगल छत्ता था
जंगल की छाया को
दाम लगाकर बेच दिया आदिवासी
इस बरस
सौ प्रतिशत।

एक आदिवासी

एक आदिवासी
दूसरे आदमी की तरह
जंगल से बाहर
दिखने लगा।
सब आदमी से बदतर
कहीं नहीं
उसकी कोई जगह

एक पेड़ के नीचे जाकर कुछ देर खड़ा रहा
वहाँ से दूर
दूसरे पेड़ के नीचे
थककर थोड़ी देर बैठ गया
फिर चलते हुए
छाया में लेट जाने कोई ऐसा पेड़
जो किसी दूसरे का न हो
इस दुनिया में उसे कहीं नहीं मिला।

यह टिफ़िन ख़ाली है

यह टिफ़िन ख़ाली है
इसलिए यह टिफ़िन बम है
मैं ख़ाली पेट इसे ले जा रहा हूँ
इसे जंगल में कहीं
या जंगल काटकर बन रहे
कारख़ाने की तरफ जाती सड़क के किनारे रख दूँगा
डरता हूँ दूसरा भूखा आदिवासी इसे छू न ले
यह न समझ ले
कि इसमें खाने को कुछ है
यह टिफ़िन ख़ाली है
इसलिए यह टिफ़िन बम है

इसके विस्फोट से भूखा या निर्दोष मरे
तो मुझे क्षमा मत करना
तभी जंगल के कोने से निकलते
छुपते एक आदिवासी को देखा
उसको जानता हूँ
वह ख़ाली पेट है
अपने ख़ाली टिफ़िन को
छुपाने जा रहा होगा
कि किसी भूखे की
नज़र उस पर न पड़े
और उसे धोखा हो जाए
कि इसमें खाने को कुछ है।

जहाँ ग़रीबी है वहाँ बहुत मक्खी है

जहाँ ग़रीबी है वहाँ बहुत मक्खी है
ग़रीब अपने साथ मक्खी लिए फिरता है
मक्खी के साथ सफ़र करता है
जिस स्टेशन पर उतरता है
मक्खी के साथ उतरता है
बीमार होने पर जिस सरकारी अस्पताल में
भरती होता है
वहाँ मक्खी होती है
और मरने के बाद भी
अस्पताल के बाहर
भिनभिनाती मक्खियों के बीच
घंटों उसकी लाश पड़ी रहती है

मक्खी उसका पीछा नहीं छोड़ती
ग़रीब बहुत निहत्था
और नासमझ
कि बहुत निशाने पर होता है—

बंदूक़ की नली में
सटीक निशाना लगाने के लिए
एक मक्खी होती है।

वसीयत वही लिखता है

वसीयत वही लिखता है
जिसके पास जमा-पूँजी होती है
ग़रीब आदमी वसीयत नहीं लिखता—
वह अपने दुख की किताब लिख सकता था
कि उस पर क्या बीती
उसकी लड़ाई क्या थी
उसका समझौता क्या था
उसका विरोध क्या था
और वह कैसे अकेला छोड़ दिया गया
हम सबके द्वारा
कि उसने अंत में हारकर
आत्महत्या कर ली।

यह मेरा क़बूलनामा है
कि जैसे ही यह ख़बर मुझे अख़बार से मिली
तो मुझे मालूम हुआ
कि मैं यह सब जानता था
ग़रीबी और क़र्ज़ को तो बहुत अच्छे से
किसी भी तरह मैं उसके साथ होता
तो वह आत्महत्या नहीं करता
मेरे उसके साथ नहीं होने को
और उसकी इस आत्महत्या को
हत्या की साज़िश मानी जाए
मैं कुछ नहीं जानता कहकर
बच नहीं सकता
मैं भाग नहीं सकता
मैं गिरफ़्त में हूँ।

हम दोनों बूढ़े हो गए

हम दोनों बूढ़े हो गए
थके रहते
घुटनों में तकलीफ़ रहती
ज़मीन पर बैठने का मन करता
पर बैठ नहीं पाते
मैं बैठ जाता तो
उठ नहीं पाता

चलने-फिरने में
इतने धीमे हो गए
कि छोटा घर
बड़ा लगता

हम आस-पास होते
एक-दूसरे को वहीं ढूँढ़ते
और वहीं मिल जाते

तब प्यार से मैं उसे
पहले की तरह
कह देता हूँ
तुम बहुत अच्छी लड़की हो।
वह भी कहती है कि
मैं बहुत अच्छा लड़का हूँ।

मुझे तुम्हारा पता मालूम है

तुम्हारे अलग होने के बाद
मुझे तुम्हारा पता मालूम है
तुम्हारे जाने के बाद
पहली चिट्ठी जो तुम्हें लिखूँगा
तुम्हारे पते पर उस चिट्ठी को लेकर
ख़ुद पहुँचूँगा, ख़ुद पढ़ूँगा
तुम सुनना कि मैंने तुमसे पढ़कर क्या बोला
अपने बोलने को पढ़ूँगा
बोलकर
चुपचाप लौट आऊँगा
और अपने साथ
उस चिट्ठी को लौटा लाऊँगा
इसके बाद तुम्हें चिट्ठी
अपने घर के पते पर लिखूँगा
जब तुम अपने घर लौट आओगी
तब तुम पढ़ लेना।

यही हुआ मुझसे

यही हुआ मुझसे
देर से छूटी रेलगाड़ी में
चढ़ने से मैं छूट गया
एक जल्दी भर गई बस में
नहीं बैठ सका
उतरकर दूसरी ख़ाली बस में
बैठ जाना भी रह गया
मैं दौड़ नहीं सका
मेरी जल्दबाज़ी मुझसे चली गई
सवारी को पकड़ पाना चला गया
अब तो लगता है
जहाँ बरसों से रहता हूँ
रेलगाड़ी, बसों से
छूटकर रह गया रहता हूँ
रोज़
आज जा रहा रहता हूँ
कहीं से आया हुआ, कहीं
कहीं जाने को हुआ रहता हूँ।

मेरा तुम्हें बार-बार देखना

मेरा तुम्हें बार-बार देखना
क्या पुनरावृत्ति है

मैं उसी घर में
एक पुनरावृत्ति में रह रहा हूँ
तुम्हारे साथ
एक पुनरावृत्ति का हमारा घर है
घर में पुनरावृत्ति का पेड़ आँगन में
एक आम का पेड़ है।

पुनरावृत्ति के आकाश के नीचे
तुम्हारा नहा-धोकर
एक ही धुली सूती साड़ी में दिखना
पुनरावृत्ति का यह नयापन सूती है।

पुनरावृत्ति का हमारा
हमारा नया दिन
और हमारी नई रात।

पेड़ की हरियाली सजावट से अच्छी

पेड़ की हरियाली सजावट से अच्छी
कोई सजावट नहीं गौरैया
बाहर की हरियाली से उड़ते हुए
घर के अंदर की हरियाली में
हम भी आए हैं—
एक पत्ती इतना दरवाज़ा खोल
पेड़ के बरामदे से
पेड़ के कमरे में
शाखाओं के गलियारे से
बंदनवार उगे पत्तों के घने में।

इस हरेली में विचरने
हमारे भी पंख निकल आए हैं तोता-मैना
हमारी गृहस्थी घोंसले की है।

अब मैं उठने के लिए

अब मैं उठने के लिए
केवल नींद पर भरोसा करता हूँ
अपनी नींद पर
किसी दूसरे पर नहीं
जब उठना होता है तो
नींद खुल जाती है
जागना चाहता हूँ तो नींद नहीं आती
रात भर जागूँ तो रात भर नींद नहीं आएगी
जब नहीं सोता तो
जम्हाई भी नहीं आती

नींद के भरोसे को आज़माने के लिए
बाक़ायदा बिस्तर बिछाकर
मच्छरदानी लगा लूँगा
ओढ़ने के लिए चादर की ज़रूरत पड़ेगी तो
चादर भी रख लूँगा
तब भी मुझे नींद नहीं आएगी
और नींद पर मुझे भरोसा है
पर मैं सबके लिए कहता हूँ
नींद तुम रात के अंत तक रहना
और रात तुम भी तब तक रहना
जब तक थके-माँदों की नींद रहे।

तुम तक जाते हुए

तुम तक जाते हुए जाता रहता हूँ
तुम्हारी तरफ़ जाना ही तुम्हारी दूरी है
तुम कितने पास आने देती हो!

आगे केवल तुम

आगे केवल तुम और मैं पीछे
क्या इसी तरह तुम्हारे पीछे
कि मेरा पीछे सब छूट गया
और आगे केवल तुम।

भक्ति में

भक्ति में पूजा
प्रेम करने की विधि है
देहासक्ति कर्मकांड।

तुम्हें भूलने तक नहीं लौटोगी तुम

तुम्हें भूलने तक नहीं लौटोगी तुम
मेरे याद करने तक तुम नहीं लौटोगी।

रात दस मिनट की होती

रात दस मिनट की होती
तो पाँच मिनट में आधी रात हो जाती—
रातें ऐसी ही बीतीं।

दिन दस मिनट का होता
तो पाँच मिनट में आधा दिन बीत जाता—
दिन ऐसे ही बीते।

मैं दो दिन की ज़िंदगी जी सकता हूँ
एक दिन मैं तुम्हारे पास रहूँगा
दूसरे दिन तुम मेरे पास रहना।

गाँव है हल्ला नहीं

गाँव है हल्ला नहीं
सबकी बोली है
उसकी भी।

मुरमी भाटा ज़मीन है
पहाड़-झरने नहीं
लेकिन हमारा लोक है

न वह अकेली
और न मैं अकेला।

मैंने अपने बचपने में

मैंने अपने बचपने में
पहाड़ का बचपना देखा
आकाश का बचपना
सूर्य, चंद्रमा, और तारों का
इन्हीं के साथ खेलते-कूदते बड़ा हुआ।

अपने प्रेम का मुझे पंजीयन कराना था
तो गवाही में मैंने इन्हीं सबको बुलाया
मेरे अनंत प्रेम को इन सबने जगह दी।

हम दोनों साथ हो गए
तब इनकी अनंत जगह
इतनी कम पड़ी
कि छोटा-सा घर बसा लिया।

छोटी-सी ख़ुशी जो मुझे मिलती है

छोटी-सी ख़ुशी जो मुझे मिलती है
लगता है मेरी अमीरी है
इसे सबको लुटा दूँ
या जमा कर दूँ पत्नी के पास
थोड़ा-थोड़ा जेब-ख़र्च के लिए
उसी से ख़ुशी माँग लूँगा।

दस-बारह बरस की बातें

दस-बारह बरस की बातें
केवल दस मिनट में ख़त्म हो गईं
पाँच मिनट उसने बात की होगी
पाँच मिनट मैंने।
पाँच मिनट में बीता हुआ
सबकुछ हम दोनों ने कह दिया।
बीता हुआ हमारे पास कुछ भी नहीं बचा
हमारे पास वही बचा था
जो नहीं बीता था।

जाते हुए थोड़ा-सा जाना
वह अपने साथ ले गई।

बाक़ी अपना जाना
ले जाना वह भूल गई।

घर में ख़ुश होने के फ़ैसले का दिन आना था

घर में ख़ुश होने के फ़ैसले का दिन आना था
बाबा के रहते नहीं आया
पिता के रहते भी आया नहीं

मैं भी इतना बूढ़ा हो चुका था
कि बेटे अधेड़ हो गए
हो सकता है
शायद किसी दिन पूछ लें
कब आएगा ख़ुश होने के फ़ैसले का दिन!

मैं देखना चाहता हूँ
घर में रहते हुए
घर से रिहाई कैसे होती है।

घर से छूटकर
पड़ोस जाता हूँ
पड़ोस में कहता हूँ
घर से भागकर आया हूँ।

पर मैं जानता हूँ
कुछ देर बाद मैं लौटकर
खटखटाकर घर का
दरवाज़ा खुलवाऊँगा
और अंदर आ जाऊँगा
दरवाज़ा पोती खोलेगी
और ख़ुश होकर कहेगी
बाबा आ गए।

बच्चियो! परिवार की छोटी-छोटी बच्चियो

बच्चियो! परिवार की छोटी-छोटी बच्चियो
पिता पुरुष है, भाई पुरुष
घर आया हुआ मामा, पुरुष है

बच्चियो! तुम स्त्री हो
ममता, दुलार और लाड़ में
तुम किसी की भी गोद में
जाने को लालायित
गोद में जाती हो तो क्या
पुरुष की गोद में?

एक छोटी बच्ची को

एक छोटी बच्ची को
चलते-चलते
एक अनजाने ने उठा लिया गोद में
पिता ने उठाया जैसा
उस बच्ची ने अपने उठा लेने को सोचा होगा

दो अनजाने उसके साथ और शामिल हुए
जैसे पिता के साथ चाचा, मामा कभी शामिल हो जाते हैं
ऐसा कुछ उस बच्ची ने भी सोचा हो
बाद में नंगी लाश उसकी मिली।

संसार भर के मित्रो

संसार भर के मित्रो,
घर में बेटी की शादी है
मंडप गड़ा है
एक नया दूसरा संसार उसका
बस रहा है
इस दूसरे नए संसार को
मैं उसका घर-संसार कहता हूँ
और अपने पुराने संसार को
पड़ोस का संसार
संसार भर के मित्रो,
मेरे घर आ जाओ
अब मैं बेटी के घर-संसार के—
पड़ोस में रहूँगा।

अपने नहीं देख पाने की

अपने नहीं देख पाने की
पहुँच के बाहर जाकर
पूरा चित्र देखने का इंतज़ार
यह देखते हुए करता हूँ
कि जो बन रहा है
बदल-बदलकर बन रहा है
बनते-बनते बदल रहा है
पर वही बन रहा है
जो वह बना रहा है
मैंने अपने देखने को बनते देखा।

यह कैसा याद करना

यह कैसा याद करना
और कितने अकेले याद करना
किसी को नहीं मालूम
जिसे याद करता हूँ
उसे भी नहीं।

पूरे जीवन की बातें

पूरे जीवन की बातें
केवल दस मिनट में ख़त्म हुईं
इसके बाद चुप हो गए
पाँच मिनट उसने बात की
पाँच मिनट मैंने इसके बाद
उसकी याद के क़ैदख़ाने में
हमेशा के लिए
बंद हो गया।

मैं मिलता रहा

मैं मिलता रहा
और फिर मिलेंगे! फिर मिलेंगे!!
जिनसे मिल चुके
जिनसे नहीं मिले
फिर मिलेंगे! फिर मिलेंगे!!
यह मान लिया जाए कि सबसे मिल चुके
किसी अजनबी से, तो लगे
कई बार मिल चुके
फिर मिलेंगे! फिर मिलेंगे!
जिससे कभी नहीं मिले
लगे, उससे, बहुत दिनों से नहीं मिले
फिर मिलेंगे! फिर मिलेंगे!
सच में! इतनी बड़ी दुनिया!
जिन लोगों से एक बार नहीं मिले
उनसे सौ बार मिले।
फिर मिलेंगे! फिर मिलेंगे!

संसार में रहते हुए

संसार में रहते हुए
मैं कभी घर लौट न सकूँ
बस संसार में रहूँ
जब संसार में न रहूँ
तब घर लौटूँ
और घर मुझसे ख़ाली रहे।

यहाँ समीपता की कमी है

यहाँ समीपता की कमी है
मेरे आस-पास कुछ अधिक कमी है
आस-पास होना उतनी ही मुझसे ख़ाली जगह है
जितना नहीं होना
मेरा होना ही एक ख़ाली जगह है।
यहाँ कितना रहूँ
कितना न रहूँ
कितना चला जाऊँ
कितना रुकूँ!!

अपनों की दूरी को नहीं नापता
समीपता को नापता हूँ

मैं कितना समीप हूँ यह देखने
स्टूल पर खड़ा होकर
आसमान को ताकता हूँ
कि आसमान अभी उतना ही समीप है
या कुछ अधिक समीप।

अपनी तबियत में बहुत व्यस्त हूँ

अपनी तबियत में बहुत व्यस्त हूँ
फ़ुरसत नहीं मिलती
बहुत थककर भी
रात को नींद न आने के बाद
नींद खुलने वाली सुबह नहीं होती
रातभर जागे हुए की सुबह
सुबह बिस्तर से उठने की
तबियत नहीं होती
रोज़ के इस हाल में
अब किसी का मन नहीं होता
कोई पूछ ले तो
जवाब देने की तबियत नहीं होती।

घर से निकलना
बंद है कब से
इसीलिए बाहर से घर
ऐसा ज़रूर दिखता होगा
कि मैं अब घर में नहीं
पर मैं दुनिया के
रात और दिन के बरअक्स
तथा दिन और रात के बरअक्स
दुनिया में ही रह रहा होता हूँ।

बरसात हो रही है

बरसात हो रही है
ख़ुशी से भीगते हुए
मैं थोड़ा-सा उछलता-कूदता हूँ
ख़ुशी में।
धरती से थोड़ा भी उछलूँ
तो क्या मैं धरती को छोड़
पृथ्वी से भी उछलता हूँ!!

दो पृष्ठ पढ़कर सोना चाहता हूँ

दो वाक्य पढ़कर सोना चाहता हूँ—
दो वाक्य पढ़कर
अब तक पढ़ी हुई
कई पृष्ठों की नींद में चला जाना
यहाँ पर समय का निशान रखना चाहता हूँ
आख़िरी के दो वाक्य का अलार्म लगाकर
आगे के वाक्य के समय पर जाग जाना
पैंतालीस पृष्ठ क़रीब पढ़ चुका तक की नींद में डूब जाना
बीसवें पृष्ठ के फ़ैंटेसी को स्वप्न में यथार्थ देखना चाहता हूँ
और एक ज़िंदा पात्र की तरह उठना।

वह कौन-सा दिन होगा

वह कौन-सा दिन होगा
जब मैं नहीं रहूँगा
उस दिन भी रोज़ की तरह कामकाज से
जीवन को दुहराता हुआ
वह दिन सप्ताह का आठवाँ दिन होगा
वर्ष का तेरहवाँ महीना
और मैं मृत्यु के अंतिम वर्ष को
बहुत जीवित रहते हुए
मृत्यु के बाद के वर्ष की तरह जीऊँ
और इसी पृथ्वी को स्वर्ग समझ लूँ।

आज कहीं नहीं जा सकता

आज कहीं नहीं जा सकता
सोचकर
आज का क़ैदी हो गया

मैं अपने घर पर रहूँ
पर मैं अपने घर में भी क़ैद नहीं हो सकता
मैं पड़ोस तक जाता हूँ
जैसे चिड़िया पास के पेड़ पर
उड़कर चली गई
घर से बाहर की मेरी पहली स्वतंत्रता पड़ोस है
फिर पड़ोस के पड़ोस
और मैं आकाश में उड़ते पंछियों के
साथ-साथ चहकता हूँ।

मुझसे अपने होने का सवाल नहीं बना

मुझसे अपने होने का सवाल नहीं बना
कि शेष इस तरह अब तक कैसे बचा
सब जा रहे थे
साथ उनके मैं भी तो चला
हो सकता है कुछ धीरे चला
जुड़ने से रहा
छूटा रहा इस तरह
कि आख़िर में सबसे घटते-घटाते
घट गया अपने से

जबकि मुझे और मुझको
जुड़ना और जोड़ा जाना था
एक, एक और सबसे
हासिल कुछ हुआ नहीं।

अँधेरे की काली स्लेट पट्टी की
इतनी काली रात पहले देखी नहीं
खिन्न, छिन्न-भिन्न चिह्न हूँ
अपने में कुढ़ता हुआ
मक्खी की भिन-भिन हूँ।

संगवारी करत नौकरी सरकारी

संगवारी करत नौकरी सरकारी
छुट्टी का दिन इतवारी
जब से गए दिन बीते बिछुड़े
सब दिन बने शनिवारी
आया नहीं इतवारी
संगवारी करत नौकरी सरकारी।

बीते महीना
बरस बीत गए बरसों
दिन गिनती के
केवल वृहस्पत, शुक्र, सोमवारी
आया नहीं इतवारी
संगवारी करत नौकरी सरकारी।

चौबीस घंटे पूरा जीवन
करते बीता इंतज़ारी
संगवारी करत नौकरी सरकारी।

मैदान की मिट्टी से खेल रहा था

मैदान की मिट्टी से खेल रहा था
दरअस्ल, मैदान से खेल रहा था,
हाथ, पैर, कपड़ों में
मिट्टी लग गई थी—मैदान लग गया
चोट भी लगी, मैदान से लगी
मुट्ठी में मिट्टी को लिया—
मैदान का टुकड़ा लिया
मिट्टी जेब में डाली—
थोड़ा मैदान जेब में डाला, चला
और थोड़ी-सी मिट्टी जाकर
कमरे में रख दी
थोड़ा-सा मैदान रख दिया।
पर इससे मैदान इतना
सुनसान हो गया
कि मैदान में मैदान नहीं था
मैदान से मैदान भी चला गया।

जहाँ मैं कभी गया नहीं होता

जहाँ मैं कभी गया नहीं होता
वहीं मुझसे सब कुछ छूट गया होता
मैं पीछे कुछ भी नहीं भूलता
खोई चीज़ें आगे जाकर ढूँढ़ता हूँ
जो चीज़ें ढूँढ़ता हूँ मुझसे ही गुम होती हैं
और बीती कठिनाई बाद में
आने वाली कठिनाई से कम लगती है।

जितना आगे जाता पैदल
उतना पीछे छूट जाता पैदल
लौटने और पहुँचने के बीच रास्ते पर
हरदम बना रहता।

मैं भुलक्कड़ नंबर एक का
अपनी बची उम्र आगे भूल आया
आगे जीकर उसे पालूँगा
जैसे आगे जाकर।

नाना का घर कानपुर में था

नाना का घर कानपुर में था
उनके घर के सामने सड़क पर खड़े हों तो
दाहिने हाथ की तरफ़ कन्नौज जाने का रास्ता था
जहाँ इत्र बनता है
चार दिनों की रेलगाड़ी की यात्रा के बाद
आज अभी यहाँ पहुँचे।
ताँगा से उतरते-उतरते
इत्र बेचने वाला आ गया
सड़क पर एक दो लोगों को उसने इत्र लगाया
सबके देखा-देखी मैंने भी बच्चों वाली
अपनी मुट्ठी पलटा कर हाथ बढ़ाया
इत्र लगाकर इत्रवाले ने कहा मिट्टी की ख़ुशबू है
मन में आया था कि जहाँ मेरा घर है वहाँ की
मिट्टी लाया होता तो इत्र बनवा लेता
अलग जगहों की मिट्टी की सुगंध
अलग होती हो

छत्तीसगढ़ की मिट्टी ले मैं कभी कन्नौज गया नहीं
नाना के घर जाना छूट गया
अम्मा की मृत्यु हो गई
मुझे अच्छी तरह याद है
अम्मा ने जो मरते समय नहीं कहा था
वह यह है—
मैं कानपुर, नाँदगाँव या प्रदेश छोड़कर नहीं
संसार छोड़कर मर रही हूँ
मिट्टी की जो ख़ुशबू है
संसार की मिट्टी की है।

घर बदल जाने से

घर बदल जाने से
घर के लोग नहीं बदलते
डेरों में लोग साथ बने रहते हैं
उजड़कर जहाँ जाते हैं
साथ जाते हैं
और एक डेरा पड़ोस के डेरों के साथ
जैसे एक घर, एक मुहल्ले के साथ
कहीं बसने चला जाता है।

हमारा घर तो नहीं बदला
वही रहा आया
घर का पड़ोस भी नहीं बदला
वही रहा आया
पर घर के लोग घर में
पड़ोस हो गए।
मैं घर के अंदर पड़ोस में
रहता हूँ
पड़ोसियों से
मेरा मिलना-जुलना हो जाता है।

सोचा था

सोचा था
छूट गए अपने शहर में
एक यात्री की तरह न जाँऊ
जब जाऊँ
जितनी बार जाऊँ
लौटा हुआ रहने जाऊँ
ऐसा फिर हुआ नहीं।

कई दिनों के बाद
कहीं जाने और कहीं आने के रास्ते पर
देर रात की गाड़ी में
मेरे शहर का बदला हुआ स्टेशन
मुझे मिलता है

तीन मिनट के लिए वहाँ गाड़ी खड़ी रहती है
बस तीन मिनट अपने शहर में रहता हूँ
लगता है शहर बदल गया
लोग बदल गए
सड़कें, गलियाँ बदल गईं
एक भी परिचित स्टेशन पर दिखता नहीं।

गाड़ी से उतरकर देखा
कि मैं जितना अपने शहर में रहा था
उतना ही स्मृति में बचा वह,
मुझसे मिलने स्टेशन पर खड़ा था
गाड़ी लेट थी
बहुत देर से खड़ा वह इंतज़ार कर रहा था
जाने के लिए गाड़ी ने जब सीटी दी
तो मैं दौड़ पड़ा और डब्बे पर चढ़ गया
अबकी बार वह
मेरे पीछे दौड़ता आया
और डब्बे पर चढ़ गया
मेरे साथ हो लिया
मैं देख रहा था—
कुछ शायद स्टेशन पर
छूटकर
रह गया हो।

छोटी-छोटी इच्छाओं से जीवन था

छोटी-छोटी इच्छाओं से जीवन था
बड़ी इच्छा की कोई जगह नहीं थी।
शायद मेरा कल न हो
तब भी कल
सबके सुख का दिन हो।

मेरी पोती चॉकलेट खाती है
मुझे भी चॉकलेट देती है
कि बाबा खा लो, ज़्यादा मीठी नहीं है
कल भी दोगी ?—मैं पूछता हूँ
हाँ—उसने कहा
चॉकलेट के साथ उसने
मुझे कल का दिन भी दिया
अपने हाथ से।

पास-पड़ोस का सांसारिक

पास-पड़ोस का सांसारिक
अपने शहर की आबादी को
संसारों की आबादी कहने लगा—
कि घर-संसारों से बसा हुआ शहर
संसारों के शहर
अपने घर से निकलकर
जहाँ गया पड़ोस गया
पर्यटक हो नहीं सका।

घर में सबके साथ रह सकूँ

घर में सबके साथ रह सकूँ
घर में नहीं तो
तो अपने में सबके साथ रहूँ
किसी दूसरे पड़ोस में नहीं
किसी पड़ोस के अपने में
सबके साथ रहूँ।

रह जाने घर आ गया

पड़ोस आ गया
जैसे घर आ गया
जहाँ मेरा घर था
वहाँ बचा हुआ
यह मेरा पड़ोस
बचा हुआ
मेरा घर है।

घरों के मुहल्ले में
रह जाने घर आ गया।

अब मुहल्ले में रहूँगा

पड़ोस आ गया
जहाँ मेरा घर था

और मुहल्ला
कुछ देर रह जाने के लिए
मेरे घरों का मुहल्ला है।

अब मुहल्ले में रहूँगा।

श्रावण का महीना बीत रहा

श्रावण का महीना बीत रहा
बादल अब तक नहीं बरसे
क़र्ज़ में डूबे किसानों ने
पिछले बरस फाँसी लगा ली थी
मृत किसानों की स्मृति में
उनकी मुक्ति के लिए
श्रावण की जेठ जैसी दुपहरी के घाम में
एक थाली पानी परोसकर
आँगन में रख देता हूँ
कि पानी से भाप बनेगी
और बादल चुगेगा
आकाश में एक अकेला
छोटा-सा काला बादल
कौए की तरह दिखता है
परोसी थाली के पास खड़ा होकर
उसे आ! आ! बुलाता हूँ
यह मेरी असमर्थता में एक कर्मकांड,
पिंडदान था।

याद के पिंजड़े में

याद के पिंजड़े में
किसी को बार-बार याद करना
उसे रटते रहने का
मज़बूत पिंजड़ा है तोता! मैना!!
और किसी का भूल जाना
फुर्र से उड़ जाना है गौरैया!

यह जीवन पिंजड़े में
पंख फड़फड़ाना
इतना ही जीवन।

मैं जीवनभर पिंजड़ा गुज़ार लूँगा
फिर क्या तुम भी
मेरे प्राण प्रखेरू!!

हर वो आदमी

हर वो आदमी
जो शायद मुझसे कभी मिला नहीं होता
मैं उससे भी पूछ लेता हूँ
क्या! हम पहले भी मिले थे?
उसे दुविधा होती है
क्षण भर भी नहीं
और वह कहता है— नहीं।

और मुझे लगता है
लगता ही रहता है
कि हम कभी पहले भी मिले हैं
और मुझे भी दुविधा होती है
क्षण भर भी नहीं।

मिलने के बाद, और कोई मिलेगा, के इंतज़ार में
ऐसा लगता है, मेरी उम्र का इतना समय तो हो चुका
कि मैं सभी लोगों से मिल चुका हूँ।

मिलने को कुछ लोग बचे हैं
तो कुछ दिन भी मेरे बचे हैं
और मैं यह काम पूरा कर लूँगा।

एक आदमी लाखों आदमी की तरह दिखता है

एक आदमी लाखों आदमी की तरह दिखता है
और सब कोई सब लोग
सब आदमी की तरह
मैं सबकी तरफ़ चला
इतना ही चल सका।
मैं सबसे मिल चुका हूँ
अंतिम आदमी मैं तुमसे मिल चुका हूँ।

मेरा दो क़दम चलना

मेरा दो क़दम चलना
पास जाने के लिए।
पास जाने के लिए
फिर दो क़दम चल लूँ, मैं चला।

चलने से जो थका अभी
पास जाने तक चलने से थका
कोई पास दिखता नहीं
आस-पास भी नहीं
दूरियाँ बहुत हैं
सब तरफ़ बहुत दूरी
आस-पास भी बहुत दूरी
तब भी मेरी दिशा
पास जाने की
हर तरफ़ पास जाने की
और मैं जा रहा हूँ
मैं दो क़दम
लोगों के पास जा रहा हूँ।

अपने होने में

अपने होने में
मैं फ़ोटो हो रहा हूँ
कि किसी तरह
अपने न होने को
फ़ोटो में छोड़ जाऊँ।

बस जितने काम का फ़ोटो होता है
उतने काम का रह गया हूँ
फ़र्क़ इतना है
कि कुर्सी पर ख़ुद बैठ जाता हूँ
और फ़ोटो को कुर्सी पर लाकर रख दिया जाता है

जो मेरे सामने बैठते हैं
इस तरह बैठते हैं
जैसे मेरी फ़ोटो के सामने
कल के भविष्य में बैठे हैं।

मैं कहीं जाता नहीं
घर पर रहा आता हूँ
पर फ़ोटो में मुझे
खींचकर ले जाते हैं।

यह इन्हीं दिनों की बात है
कि (इन दिनों) मैं हूँ।

मेरा घर खुला छोड़कर

मेरा घर खुला छोड़कर
मेरा दरवाज़ा कहाँ चला गया
मेरी सुरक्षा छोड़कर
दरवाज़ा कहाँ चला गया
मज़बूत नहीं था बहुत
कोई भी तोड़कर अंदर घुस सकता था
तब भी दरवाज़ा था
जिसे बंद कर
अंदर से ताला लगाकर मैं
चाबी अपने पास रखता था
मैं बिना दरवाज़े के बाहर निकल जाऊँगा
कि निकाल दिया जाऊँगा।
मेरे घर की मेरी नागरिकता चली जाएगी।

जाने को हुआ

जाने को हुआ
वर्षा तेज़ है
जाना है, अब चले जाना है
इतना रुका रहा
मुझे रोकने के बहाने की तरह
हो रही बरसात है
मैं जाने के बहाने रुका रहा।

एक तालाब, भरने के बहाने
अधिक भर गया है
मुझसे दूर बहती नदी
बाढ़ के बहाने पास आ रही है
नदी कभी डूबती नहीं
नदी तैरती है
और डूब जाने के बहाने
मुझे तैरना नहीं आता।

बाढ़ के बहाने
नदी पास आ रही है
और मेरे रुकने के बहाने
बरसात हो रही है
तभी एक-दो बूँद
गिरते रहने तक
पानी बंद हुआ
बंद नहीं हुआ के बहाने तब भी
एक-दो बूँद पानी गिरता रहा।

वह जो चला गया मैं मुझसे

वह जो चला गया मैं मुझसे
कुछ बदल गया
अपने तब को कैसे ला खड़ा करूँ
कि यह मैं वही जब मैं कभी था।

अब और दूसरा हूँ
तब और दूसरा।

मेरा मैं मुझमें, मुझसे छुप रहा
मैं जानता हूँ मैं कहाँ छुपा
और कितना दिख रहा।

मैंने अपने दिखने को दुहराया

मैंने अपने दिखने को दुहराया
फूल तुम तीन दिन तक खिले रहे
क्या तीन दिनों तक अपने खिलने को तुमने दुहराया
या वह एक बार का खिलना
तीन दिनों तक रहा ?

लगता है मैं दिख नहीं रहा

लगता है मैं कुछ दिख नहीं रहा
शुरुवात घर से हुई
धीरे-धीरे इस तरह तक हुई कि मैं
घर पर हूँ पर हूँ नहीं।

सच में मैं नहीं दिख रहा हूँ और कहीं छुपा नहीं
घर की खिड़की से फिर बाहर निकलकर
पड़ोसियों को आते-जाते देखता हूँ

नहीं दिखने के खेल का जादू
यह बचपन की इच्छा
ग़ायब होने का जादू बुढ़ापे में मिला।

यह सच है

यह सच है
कि मेरे बाबा उत्तर प्रदेश से
यहाँ आए।
मेरा जन्म यहीं हुआ
मेरे पिता का जन्म
मेरी बेटी का भी
जो अब पचास बरस की भई
अथवा इक्यावन बरस के हो ही
वह महाराष्ट्र में ब्याही गई
न मैं वहाँ जा पाता दस पाँच बरस
न वह यहाँ आ पाती दस पाँच बरस
इतना वह भी वहाँ बस गई।

इस बसने-बसाने में
पर इतना थक गया अपनों में
कि बरसों से पड़ोसी के घर गया
तो उसके लिए
उत्तर प्रदेश से आया हुआ गया।

गली-मुहल्ले में मैं पुराना बाहरी
इतना ही सब जगह हूँ
कि देसी होने के लिए
देश में कोई देस नहीं।

मैंने ख़ुद को अपने घर में

मैंने ख़ुद को अपने घर में
नज़रबंद कर लिया है—
अब कोई छुपा हुआ नहीं रह सकता
यह मैं जानता हूँ फिर भी

क़ानून की नज़र मुझ पर नहीं पड़ी
पर पड़ोसी तक नज़र पहुँच चुकी थी
पड़ोसी ने भी ऐसा कभी भी कुछ नहीं किया
वह इतना खुला हुआ था
कि उसके व्यक्तित्व में
कोई बंद खिड़की नहीं थी
उसकी बातें खुली खिड़की से सुनाई देतीं
यहाँ तक की उसकी सोच भी
खुली खिड़की से दिखाई दे जाती

उसके एक कमरे के घर में तो
दरवाज़ा भी नहीं था
उसी के घर कुछ पक रहा था
शायद षड़यंत्र, नहीं
खाना पक रहा था
और वह रंगे हाथ पकड़ा गया!!

एक दिन पृथ्वी तुम्हारे घर आएगी

एक दिन पृथ्वी तुम्हारे घर आएगी
अपने घर को उसके अनुसार सजा लो
अपने को बहुत शहरी नहीं
थोड़ा आदिवासी बना लो
और चारों तरफ़ को जंगल बना दो
चंद्रमा को चंद्रमा
सूरज को सूरज बना दो
ऋतुएँ सचमुच ऋतुएँ बन जाएँ
फूल इतने खिलें
कि कली कम न पड़े

फूल ख़रीदना न पड़े
सबके जीवन की
चैन की साँस में
थोड़ी ख़ुशबू हो
ऐसी हवा चले, चलने दो
चिड़ियों को पिंजड़े में नहीं
जंगल में पालतू बना लो
और पृथ्वी निवासी बनकर
पृथ्वी के साथ रहना शुरू कर दो
तुमने पृथ्वी में एक घर बनाया है
इस संसार को
एक संयुक्त परिवार की तरह
रहने दो।

तुम्हारा घर पृथ्वी में है

तुम्हारा घर पृथ्वी में है—
पृथ्वी के लिए तुम
एक घर पृथ्वी बना दो
अपने घर को उसके अनुसार सजा लो।

तुम नहा-धोकर तैयार होते हो
नदी, तालाब-नालों को भी नहला दो
घर के आकाश पर पोंछा लगा दो
और हवा को क्षितिज तक की
सबको जीवन देने वाली
चैन की साँस बना दो
शाम को संध्या देख सकें
देख सकें कि एक-एक तारा दिखे
चंद्रमा, चंद्रमा की तरह दिखे

प्रातः सुबह की तरह
सुबह को नाम से नहीं
भाषाविहीन
जैसे पहले दिन, पहली बार
पहले मनुष्य ने देखा हो को
इशारे से किसी दूसरे मनुष्य को दिखाया गया जो
इतना नया हो कि
ऐसा प्रतिदिन हो।
नदी, तालाब-नालों को साफ़-सुथरा जंगल समेत
जैसा आदिवासी मनुष्यों को मिला नया होगा
और युगों तक उन्होंने नया रहने दिया हो
इसलिए अपने को बहुत शहरी नहीं
कुछ आदिवासी बना दो
अपनी ज़रूरत के जंगल को
जीव-जगत का जंगल बना दो।
पृथ्वी के साथ रहने
अपने को पृथ्वी निवासी बना दो
तुम्हारा जन्म पृथ्वी में हुआ है
ऋतुओं में जगह सजाने
सब जगह उगे हुए फूल खिलें
कि तोड़ना या ख़रीदना न पड़े
चलो परिवार के साथ जन्मदिन मनाएँ
और! संसार एक संयुक्त परिवार है जिसमें।

एक के बाद एक या दो

एक के बाद एक या दो
एक का दुगना दो
अर्थात्! दो और दो
दो दुनी बराबर दो धन दो।
हाथ दो, पैर दो
रहने दो, जाने दो!
पढ़ने दो, खेलने दो
खेलने उसे आने दो
या मुझको जाने दो
छुट्टी के दिन
घर में पढ़ने की छुट्टी दो
या देर से उठने दो

इस तरह एक वाक्य में दो
किसी वाक्य में दो दो
किसी वाक्य में तीन दो
ध्यान दो, आँख दो, कान दो
आँख कान खोलकर ध्यान दो
ऐसे जितने वाक्य तुम बना सकते हो
तो बना दो।
हर बात की ज़िद
हर वाक्य की ज़िद हो
कि यह भी दो
वह भी दो
सब कुछ दो।
ज़िद अभिव्यक्ति की हो
कि सब लिख दो! कह दो!

परछाईं को नदी के पानी में तैरना आता है

परछाईं को नदी के पानी में तैरना आता है
पानी को पानी में तैरना आता है
पानी को पानी में डूबना भी आता है
पानी पर पड़ती परछाईं
पानी से बनी है
पानी पर परछाईं की रंगोली है
उड़कर चली गई पक्षी की परछाईं।

अंतिम आदमी

मैं तुमसे मिल चुका हूँ
जो सबसे आख़िरी में
रहता है।
मैं तुमको सुन चुका हूँ
जो किसी से कह नहीं
पाता या
जिसे कोई नहीं
सुनता और
मैं उसी तरफ़ चला
जो अकेले चुपचाप
की तरह रहा आता है

जो एक बहुत बड़ी
आबादी है सबसे
अकेले की तरह।
मैं यह जानता हूँ
मैं जिनसे
मिल सका उन सबसे
मिल चुका हूँ
अंतिम आदमी
मैं तुमसे पहले मिल चुका हूँ।

सबके साथ

सबके साथ हो गया हूँ
अपने पैरों से नहीं
सबके पैरों से चल रहा हूँ
अपनी आँखों से नहीं
सबकी आँखों से देख रहा हूँ
जागता हूँ तो सबकी नींद से
सोता हूँ तो सबकी नींद में
मैं अकेला नहीं
मुझमें लोगों की भीड़ इकट्ठी है
मुझे ढूँढ़ो मत
मैं सब लोग हो चुका हूँ
मैं सबके मिल जाने के बाद
आख़िरी में मिलूँगा
या नहीं मिल पाया तो
मेरे बदले किसी से मिल लेना।

लोगों की कथा में मेरी भी कथा

लोगों की कथा में मेरी भी कथा
लोगों की आत्मकथा में मेरी भी आत्मकथा
लोगों में मैं अकेला नहीं
कभी कुछ लोग
कभी लोग दो-चार
या सभी लोगों जैसा
मैं भी एक लोग।

मैं बचा हूँ
इसलिए मेरी आत्मकथा
इतनी ही बची है
कि लोगों में मैं रहूँ या न रहूँ
लोगों में लोग हमेशा रहेंगे।

मैं लिखते हुए

मैं लिखते हुए
दिखने की तरह
लिख रहा हूँ
मैं लिख रहा हूँ
दिख रहा हूँ
नहीं लिखूँगा
तो नहीं दिखूँगा।
देख लें
मैं लिख रहा हूँ।

अपने दिखे को
आपका देखा
कर रहा हूँ
आपके दिखे को
लिख रहा हूँ।

साथ रहने में समीपता कितनी ज़रूरी है ?

साथ रहने में समीपता कितनी ज़रूरी है ?
दूर रहना अलग रहना नहीं
अलग रहने में कितनी दूर रहना है ?
तुम जितनी दूर हो
उसके बाद फिर कोई दूरी नहीं
जबकि मैं तुमको छू रहा होता हूँ
तुम मेरे साथ पूरे संसार में हो
एक कमरे की इस गृहस्थी में।
घर की खिड़की खुली रखने की
तुम्हारी आदत में
तुम आसमान खोलती हो।

उस एक चित्र को देखने

उस एक चित्र को देखने
एक लंबी क़तार में
केवल मैं ही मैं
सबसे आगे और सबसे पीछे तक मैं
एक-एक कर चित्र को
अलग-अलग देखता हुआ।
पर
क़तार के आख़िरी का
जो मैं खड़ा रहा
रह गया
आख़िरी तक
बारी आई नहीं
मेरा देखना ख़त्म नहीं हुआ।

चित्र देखने के लिए मैं

चित्र देखने के लिए मैं

बहुत दिनों बाद देखा
कि एक लंबी लाइन लगी है कि मैं हूँ
ख़ुद अपनी लंबी लाइन में लगा
सबसे आगे से मैं और सबसे पीछे तक
इस एक चित्र को बारी-बारी से
अलग-अलग देखता हुआ
बहुत भीड़ हूँ मैं
मेरे देखने की भीड़
मुझे दिखी।

अपने नहीं देख पाने की

अपने नहीं देख पाने की
पहुँच के बाहर जाकर
पूरा देखने का इंतज़ार
यह देखते हुए करता हूँ
कि क्या देखूँगा—
जो बन रहा है।

जो बन रहा है
बदल-बदलकर बन रहा है
या बनते-बनते बदल रहा है
पर वही बन रहा है
जो वह बना रहा है
मैंने अपने देखने को बनते देखा।

एक पेंसिल लिखन्नी

एक पेंसिल लिखन्नी
उसकी दो सहेली
मिटन्नी और छिलन्नी
मिटन्नी के आने-जाने का रस्ता
ग़लत लिखा हरदम रहता।

सही रास्ता पकड़े
जाना पड़ता
दूर तक उतनी
जहाँ तक चलते चले
लिखन्नी।

पर लिखते-लिखते
जैसे चलते-चलते लिखन्नी
ख़त्म हो जाती
या टूट जाती नोक
तब वहाँ रहती छिलन्नी
आती झट बनाने नोक।

दिन के पड़ोस में रात रहती है

दिन के पड़ोस में रात रहती है
और रात के पड़ोस में दिन
मेरे अकेलेपन का सिलसिला
फिर भी कितने रात-दिन के पड़ोस का
रोज़ का जीवन
कि आज मैं कैसा हूँ
यह पूछने आज की सुबह होती है।

मैं पक्षी की तरह चहचहाना चाहता हूँ

मैं पक्षी की तरह चहचहाना चाहता हूँ
कुहू बोलकर कोयल से बात करना
पर पक्षी जान जाते हैं
कि मैं उनकी नक़ल कर रहा हूँ
मेरे कुहू बोलते ही कोयल चुप हो जाती है
मैं भी चुप हो जाता हूँ
हम एक जैसे चुप होते हैं
पशु-पक्षी का मौन
मनुष्य के मौन की तरह
मौन होकर चुपचाप।

दूर-दूर तक

दूर-दूर तक
पड़ोसी को नहीं देख पा रहा
मेरे पड़ोस में
बहुत दूर कोई है
उसे मैं मालूम नहीं
मैं उसके पड़ोस में
कहीं कोई हूँ
मैं कहीं कोई हूँ!!
मैं यहीं कोई हूँ!—
एक बिस्तर पर साथ लेटे हुए दोनों।

घर के बाहर मैं पड़ोसी था

घर के बाहर मैं पड़ोसी था
घर के अंदर भी पड़ोसी
हाँ! घर के अंदर
उसे मैं मालूम नहीं
कि कहीं हूँ, कहीं कोई
उसी के पास कहीं कोई
एक ही बिस्तर पर लेटे हुए
पड़ोस में लेटे हुए दोनों।

हर एक को जाते हुए देख रहा हूँ

हर एक को जाते हुए देख रहा हूँ
वे जा रहे लोग हैं!
लौटने की कोई जगह नहीं बची
और कोई लौटने की तरफ़ नहीं
न इस तरफ़, न उस तरफ़

कहीं भी रहो तो लगेगा
यहाँ से चले जाओ
जितनी देर रहे समझ लो
उतनी देर रुके।

बचपन से लगने लगा था

बचपन से लगने लगा था
कि जीवन बचा हुआ बचा है
और एक लंबी उम्र जी गया
तब भी
जीवन बचा हुआ है!
अब तक बचा हुआ
उम्र का हिसाब लगाया मैंने
तो हिसाब कुछ बच गया
बचे उम्र का।

सोचा कि बचा जीवन घर में रहूँ
और बचा जीवन घर में रहने लगा
केवल घर में रहने की आदत नहीं
बचा जीवन दुनिया में रहूँ
जिसमें मैं मेरा घर है।

संसार में एक हवा रहती है

संसार में एक हवा रहती है
और हवा पूरे संसार की नागरिक है
हवा आ रही होती है
कोई नहीं कहता हवा जा रही है
क्योंकि यह मालूम है
पर डर लगता है कि एक दिन
पृथ्वी दूसरे ग्रहों की तरह न हो जाए
जहाँ साँस लेने के लिए हवा न बचे
क्योंकि सीरिया में बमबारी होती है तो
हवा यहाँ शरणार्थी होती है।

वह जो बिछुड़ता है

वह जो बिछुड़ता है
उसकी याद पूरी आती
पर उसकी पहली याद के बाद
याद की उतनी गिनती
नहीं आती
जितनी याद आती।
वह जो बिछुड़ता
कभी लौटा नहीं
दिन बचे बचते जीवन के
जैसे दिन बचे बचते लौटने के—
का इंतज़ार रहता है।

अपने लोगों से बात करना

अपने लोगों से बात करना
ख़ुद अपने से बात करना है
जब अपने लोग पास नहीं होते
तो अकेले में अपने से बात करता हूँ—
मेरे अपने लोगों
कुछ और अपने
बाक़ी सभी अपने।

उस अनजान को कष्ट था

उस अनजान को कष्ट था
सहायता कर सका तो कर दिया
जो उस पर नहीं
ख़ुद पर एहसान था।
कुछ-न-कुछ इस तरह दूसरों का करता
जो हो जाता
ख़ुद पर।

यह बोध था मेरा मुझ पर
अपने इस लादे को गिराकर
हल्का होऊँ तो जान आए
अपने ऊपर भी एहसान करने से भी
बाज़ आए।

एक ख़ज़ाना सबके पास

एक ख़ज़ाना सबके पास
साथ रहना बाँटो तो
साथ रहना होता है
पढ़ना बाँटो तो
साथ पढ़ना बहुत होता है
खेलना बाँटो तो
साथ खेलना होता है
यह सब बँटने के बाद
मेरे पास, बचा हुआ अब
बहुत-बहुत है

दुःख को भी बाँटो
दुःख कम होता है
यह मेरे पास अब
ख़त्म-ख़त्म है।

सच कहना

सच कहना
कभी उपदेश नहीं होता
उपदेश कहकर
सच को
छोटा किया जाने लगा है।

ज़मानत भी उसने

ज़मानत भी उसने
इतनी ही ली थी
कि मैं कुछ देर कुछ दूर
जाता हुआ जाना देख सकूँ
बचा हुआ जाना मैं नहीं देख सका।

उतनी दूर नहीं जाना

उतनी दूर नहीं जाना
कि लौटना दूर हो
तब भी दूर जाना
कि जब लौटूँ
बहुत दूर से भी लौटूँ